암이 준 하늘선물

◆ 곰곰가족문고003

# 암이 준 하늘 선물

이향영-Lisa Lee 시집

곰곰나루

저는 의사와 가족들의 집요한 권유를
거절하고 수술과 항암약도 거부했습니다

오직 그분의 신구약 말씀을 믿고 의지하며
자유로운 뉴스타트 생활을
감사와 기쁨으로 실천하게 됐지요

박학근 리더의 뉴스타트를 만나서
소풍처럼 여행처럼 신나고 즐겁게
오존과 피톤치드 풍요로운 청정지역
아름다운 곳을 즐거움으로 따라다녔더니
암 진단받기 전보다 더 건강해져서
참자유와 행복을 찾았답니다

그분께서 제게 주신 참빛과 진리 같은
사랑의 선물이 암이었지요
암 덕분에 기저 질환까지 사라졌으니까요

박학근 원장님과 김태은 실장님, 셰프님들
모두에게 감사해서 이 시집을 썼고
특별히 이곳에 오시는 환우님들께
선물로 드리게 되어 참 기쁘고 자랑스럽습니다

2022년 경기도 가평
피톤치드 풍요로운 잣 향기 숲에서

이향영 Lisa Lee

# 차례

## 제2부_뉴스타트를 소풍처럼

제1부

# 가평 뉴스타트 교육원

# 가평의 하늘과 선물

잣 향기 짙푸른 숲으로
병풍처럼 아늑하게 둘러쳐진
언덕 위에 우뚝 세워진
가평 뉴스타트 교육원

황금 햇살이 축복으로 내리는 곳
정성과 사랑과 기도로 쌓아 올린 신축건물
가평 뉴스타트 천연 교육원

종합 레크리에이션으로
몸과 마음이 절로 회복되는
웃음꽃 미소꽃 절로절로 생산되고

세포의 발전소 역할을 하는
미토콘드리아를 강하게
텔로미어를 길게 노화와 건강 DNA를
켜주고 기쁨을 생활화하여 올바른 길로
건강과 행복을 키워주는 웃음꽃 교육의 꽃

주변의 수려한 30여 곳을 차례로 찾아
소풍처럼 삶의 질을 높여가며
피톤치드 풍요로운 공기를 깊이 호흡하고
가슴과 혈관의 길을 맑게 정화시키고

근육과 마음을 단단하게
리듬 타고 신나는 즐거운 산책길
우리는 오늘도 어제도 내일도
새들처럼 노래 부르고
시와 동시를 낭송하고
아가들처럼 재잘거리고

교만과 거만과 자랑이 없는
세상에 없는 자유로
언제나 시작은 즐겁고
헤어짐은 아쉬워도
다음의 만남을 그리움과
희망으로 다시 시작하는
박학근 리더의 올바른 뉴스타트 교육

하늘이 선물한 가평의 보물섬

# 아가씨 향기

가평 잣 향기 푸른 숲은 일반 나무보다
피톤치드가 4배 더 풍요로운 에너지를
넘치고 넘치게 즐거움과 건강을 주고

5월의 아카시아 향기는 가는 곳마다
꿀처럼 달콤한 공기를 마시게 했다

귀요미가 말했다
'아카시아 꽃향기는
우리 아가씨들의 향기예요
그래서 우리는 아가씨 향기라 하죠
우리는 손뼉 치고 박장대소하고

방앗간 아가씨들 향기는
웃음 향기 미소 향기
건강 향기 행복 향기
아카시아 꿀꽃 향기처럼

온 우주를 아가씨 향기로
웃음을 켜고 물들여 나아가리라
우리들 방앗간 아가씨 향기로

우리 모두가 웃음꽃 피우네
세상이 점점 맑고 환해지네
우리가 기쁨으로 벅차하니
그분도 우리 기쁨을 기뻐하시네

# 호명산 버스 기사님

호명산쯤이야 거뜬히
오르는 우리 방앗간 식구들

호명호수를 수동 바이크 밟으며
달리고 달리는 상쾌함
우리들의 신나고 신나는 경주

즐거운 감정은 이웃도 사랑으로
모든 것이 꽃이야
우리들의 꾀꼬리 목소리로
'기사님도 꽃이야 꽃 중의 꽃이야
사랑해요 우리 기사님
행복하고 건강하세요
호명산 버스 기사님'

오랜 버스 기사 생활에
이런 승객들은 처음이라고
엄청 행복해하셨던

호명산 버스 기사님
오래오래 건강하시고 행복하시길
방앗간 식구들이 기도해 드려요

오늘도 우리는 돌연변이가 준 선물로
웃음과 미소를 작사 작곡으로
행복송을 즉흥 즉시로 만들어 부르며
지구의 구석구석을 밝게 켜가고 있다

5월의 호명산 하늘이
파랗게 우리를 보고 웃고
기사님의 발그레한 미소도
흰 구름꽃으로 떠다니네

매 순간이 행복한 선물인 것을

# 문배마을

춘천 강촌에서 구곡폭포를 지나
높은 깔딱고개를 넘어야 나오는
오지 산속의 작은 마을

6·25도 모르고 지나갔다는
풋배가 달린 5월의 짙푸른 어느 날

김가네 집에서 먹었던
산채비빔밥 달래나물 비빔밥
김치가 일품인 김씨 부부의 손맛

내려오는 길 방앗간 식구 중
구씨가 베푼 후식 100% 생칡즙

구멍을 작게 뚫어 빨대도
안 들어간다는 귀요미의 투정

내 구멍이 작아 그렇게밖에

뚫지 못했다는 기쁘미의 코미디
빵빵빵 터져버린 방앗간 참새들

웃느라 운전도 제대로 못 했던
방앗간 리더의 호탕한 웃음
하늘도 웃고 산과 나무도 웃고

봉고차가 신이 나서 들썩들썩
문배마을에 웃음이 아지랑이처럼
퍼져 퍼져 6·25도 비켜 간
평화의 마을 사랑의 마을이 되었네

김가네 식당 부부의 미소가
온 마을에 행복의 온도를 높이네

그분도 좋아할 씨앗과 채소로 만든
건강 음식 김가네 부부의 손맛이
혀끝에 남아 자꾸만 생각나는 문배마을

배가 익어 우릴 기다릴 문배마을

# 남이섬의 추억

분위기 있게 내리는
5월의 꽃비를 맞으며
남이섬 북한강 둘레길을 걸었다

수십 년 전 사랑하는 조카 한경애가
이곳에 데려와 사진 찍고 걷고
닭불갈비 사주던 그때가 그리웠다

이토록 고운 길을 아름다운
사람들과 동생 이명기와 함께 다시
걸을 수 있음이 얼마나 큰 축복인가

살아도 죽어도 가져갈 지워지지 않을
정다운 사람들과의 추억이 있다는 것은
그리움을 소유하고 있는 보물이 아닌가

오늘 남이섬을 노래 부르고
함께 걸었던 아름다운 친구들아

이 순간을 기억하고 기쁨으로 살자

온몸 구석구석의 유전자 모두를
미토콘드리아로 불을 켜서
추억을 현실로 건강한 행복을
멋지게 건축해 나가기를

북한강에서 배를 타고 이북으로 가서
금강산에도 우리 함께 오르고 싶구나

어서 자유의 시대가 열리고
지구의 평화의 그날을 염원하며
기도로 마음을 모으는 오늘이여

평화로 하나되어 자유가 열리는 날
우리 방앗간 식구들과 함께
금강산으로 뉴스타트 캠프 가고파라

# 두물머리

북한 물과 남한 물이 서로 만나
한 몸을 이루어 같은
목적으로 흐르는 평화의 강

금강산에서 흘러내린 북한강
강원도 금대봉에서 발원한 남한강

두 물이 합쳐져 만나듯
이남과 이북이 하나되어
세계 최고의 강대국이 되는
훌륭한 코리아를 꿈꾸는 우리

세계로 뻗어갈
박학근 리더의 뉴스타트 캠프

가평 뉴스타트 교육원에 참여하니
수려한 풍광과 가볼 곳이
30여 곳도 더 되어 매일매일이

꿈속 같은 여정으로 절정을
누리게 되고
일상이 귀하고 행복하고

만나는 사람마다
지나가는 사람에게도 행복을
마구마구 축복해 주는 뉴스타트팀

두물머리의 물처럼 둘이
하나되어 함께 하고 싶은
사랑하는 그 사람이여

# 자라섬

북한강에 위치한 자라섬
자라의 등에 올라간 기분
청정한 자라섬에서
캠핑을 하고
레저를 즐기고

불량 식사가 절제의 마음을
자꾸자꾸 흔들어도
절대로 무너지지 않을

내 의지에 칭찬을 해주고
자라의 절개로 건강을 지키고

오늘을 기쁨으로 보호해준
아름다운 자라섬에
박수를 보낸 나의 친절한 유전자

영양분으로 토실토실해진 DNA들

캄캄하던 밤하늘에 빛나는 별들처럼
우리의 세포들 자라처럼 건강수명 지키길

거북이걸음으로 자유해지리라

# 나비 선생님

가평 축령산 오르는 길
멋지고 멋진 데크길
잣 향기 푸른 숲길

여러 명의 숲 해설가
선생님들이 계셨다

그중에서 우리를 안내해 준
나비 선생님은
우리에게 어린이를 대하듯
친절히 산길 안내와
숲 얘기를 들려주셨다

주로 어린이들 담당인
나비 선생님은 아이들이
너무나 좋아서 어린이 담당이셨다

때로는 나비 선생님 엉덩이를

툭 치고는
"날 잡아봐라~"
달아나는 어린이를 잡으러
뛰어가다 넘어져도 즐겁단다

나도 어린이가 되어
나비처럼 날고
나비 선생님처럼 뛰어다니며
산속에서 살고 싶어라

노랑나비 한 마리가
날 잡아봐라 하며
내 앞을 가로질러 날아간다

나를 두고 떠나간 그가
나와 함께 하고 싶어서일까?

# 잣 향기 푸른 숲

가평 축령산 잣 향기 푸른 숲길은
피톤치드가 일반 숲의 나무보다
몇 배가 더 분출되어 인기가 높다

잣 향기를 빠르게 발음하면
자판기로 들리기도 하고
자탕기로 들리기도 하고

아무튼 모두가 좋은 것을 제공하는
의미는 하나로 통하고
웃음도 보태져 시너지효과가 되고

잣 향기를 깊이 호흡하며 걷는
분위기 있는 데크길 산책로

쉼터에서 긴 의자에 누워
하늘을 쳐다보면 키다리
잣나무 잎새들 사이로 하늘이

파란색 얼굴로 빼꼼히 우릴 본다

건강과 행복이 꿀처럼
온몸과 마음으로 스며드는
가평 축령산 잣 향기 푸른 숲길
으뜸 중 으뜸인 이 길은
내겐 진품길이고 명품길이 되었다

# 마로니에나무

가평 아침고요수목원엔
다른 나라에서 본 나무들이
참으로 많고도 많았다

알파인하우스가 있고
온실 안에는 고산식물이
피고 지는 귀여운
꽃들을 만날 수 있었다

특히 큼직한 흰 꽃송이가 달린
마로니에는 프랑스의 가로수
마로니에 가로수 거리와
마로니에 공원을 거닐며
스케치를 했던 그림쟁이
친구들을 연상하게 되었다

마로니에나무에 담겨진
내 젊은 날의 추억으로

오늘도 내 삶의 무대를
아름답게 미화시켜 주곤 한다

지금 내 앞을 지나가는 어린이들
깔깔거리며 지나가는 초딩들
모두가 꽃보다 더 예쁜 웃음 꽃송이들

5월의 가평수목원엔
모두가 예쁘고 예쁘게
웃음꽃 피우며 지나가는
사람들이 모두 꽃이다

5월의 아침고요수목원에는
예쁜 꽃보다 더 깔깔거리는
사람들 모두가 예쁜 꽃이다
꽃들이 재잘거리며 지나간다

그대여~ 오늘을 열정으로 사는
멋진 그대여 어서 돌아와서
마로니에나무 아래서
얼굴 마주하고 호탕하게 웃자

우리 함께 가평의 하늘을 걷자

# 가평 압구정펜션 사장님

새들이 아침을 여는
합창 소리에 잠이 깼다

물을 마시고 레몬즙을 마시고
박학근 리더가 지도하는
아침 스트레칭 시간에 참여했다

이슬 먹은 싱그러운 나뭇가지
새들의 달콤한 노래 들으며
운동하다 쳐다본 잣나무 가지

나무마다 둥지 대신 앙증맞은
새들의 집이 인형의 집처럼
예쁘게 제작되어 가지에 놓여 있었다

압구정펜션 사장님이 손수
무지개색으로 여러 개의 집을
만들어 새들에게 선물한 것이다

착하고 부지런한 사장님은
매일 3만 보씩 펜션에서
오가며 일을 하는 분이셨다

착하고 부지런한 사장님
사랑으로 지은 예쁜 새의 집에서
내 마음 한 마리의 작은 새가 되어
잣나무 가지 집에서 피톤치드 마시고
새처럼 노래 부르며 살고 싶었다

열정과 사랑으로 살고 있는
압구정펜션 사장님의 그림자가
나의 창 너머로 시계추처럼 지나다닌다

이층 침실에서 화장실 가기가 불편한
나를 생각해서 간이침대를 일층에
놓아주신 존경심이 절로절로 우러나는
사장님 영원한 축복을 누리시길

# 보라색 빈 의자

가평수목원 꽃밭에 놓인 빈 의자
지친 나의 영혼 쉬어가라고
그분께서 마련해주신 영혼의 의자

오천 가지 꽃들 한가운데
놓아주신 선물 같은
경이로운 보랏빛 의자

나를 기다려준 의자에 앉아
그분 품 안에 안긴 듯
슬픈 내 영혼 쉼을 얻네

가평의 하늘에 평화의 꽃 깃발
보랏빛 물결로 펄럭이네

그분의 선물인 오천여 꽃 깃발
내 가슴과 잠재의식에서
사랑의 물결로 출렁이네

스윗한 천국의 언어로
그분께서 걱정 말라 속삭이시네
그분께서 사랑한다 속삭이시네

너는 이미 다 나았다 말씀하시네

# 천년향

자연이 빚은 천년 된 향나무
예술작품보다 더 예술적인 자태의
그대, 그대를 누가 천년으로 정했나

그대는 아침고요수목원의 주인공
가평의 명물인 그대 내 마음에 새겼네

이향영李香永 향기가 영원한 나무인
저의 이름 석 자처럼

그대와 영원한 친구가 되어
이 지구의 아름다운 향기꽃 피우는
향나무로 살고 싶네 그대와 함께

사랑 향기 지어내는 나무가 되고 싶네
그대 예술나무처럼
살아서 숨 쉬는 예술나무로 살고 싶네

수천 가지 꽃들의 박수 소리
환하게 무지개로 번져가는
가평의 하늘이 꽃밭으로 그린 그림

향나무야, 그대가 기뻐하니
우리도 너처럼 행복의 꽃물이
가슴으로 번져가는 천년향이 되고 싶네

# 아침고요수목원

꿈에 그리던 곳을
박학근 리더의 뉴스타트 그룹과 함께
여왕의 계절 5월 중순
가평의 하늘정원을 만났다

생각을 잃어버린 나는
와우 와우우 와우우우우우
감격 감동 감탄사만이
리드미컬하게 꽃춤을 추게 했다

캐나다 빅토리아섬
부차드가든보다 더
사랑스럽고 정겨운 이곳의 수목원

시들었던 내 안의 세포들
아침고요수목원에서 한 송이 한 송이
세포꽃 유전자꽃으로
마구마구 피어났다

하늘 향한 만세꽃으로 피어나는 세포들
우리 모두가 환호의 꽃이 된 하루
우리 안에서 감동의 환호가 자라고
절로 행복이 커가는 수목원 나무처럼

우리는 기쁨만 키워가면 된다
우리는 감사만 키워가면 된다
우리는 기도만 키워가면 된다
우리는 사랑만 키워가면 된다

# 영혼의 수프

마가렛 셰프가 끓인
그날의 잊을 수 없었던 수프
단조로운 레시피

캐슈넛을 갈아 넣고
양파를 갈아 넣고
감자를 으깨어 넣고
소금만 뿌리면 된다는

예쁜이가 말했다
이 수프의 이름은
'영혼의 수프'라고

영혼을 감동시킨 그날 아침
영혼의 세포들이 놀란 아침

우리는 영혼을 건강하게
우리는 영혼을 행복하게

잘 데리고 놀아야 한다
잘 데리고 살아야 한다

나의 유일한 동반자여
나의 유일한 영혼이여
영원한 친구가 될 그대여!

# 꼬집이 셰프

가평 뉴스타트 교육원의
건강식을 맡아
창조적인 음식을
만들어내는 꼬집이 셰프

어느 날 세계의 으뜸인 음식보다
더 맛있는 음식이 차려져
셰프에게 물어보았다

"제 엄지와 검지가 만나서
꼬집이로 저울보다 더
정확하게 간을 맞추지요"

셰프의 미소와 사랑이
간을 잘 맞춰 준 것 같았다

이젠 꼬집이 셰프의 음식이
나의 찐 그리움이 되었다

제2부

## 뉴스타트를 소풍처럼

# 박학근 웃음나무

미국에 노먼 커즌스가 있다면
한국에 박학근 원장이 있다

웃음나무의 사람에겐
웃음이 주렁주렁 열린다
그 웃음은 타인에게 선물하기 위해
열정으로 지은 웃음 농사이다

나는 그를 바라보면 행복하다
볼 때마다 웃는 얼굴을 보여주는
박학근 원장을 나는 웃음나무라 불렀다

웃음과 하품은 전염성이 강하다
한 사람이 폭탄 웃음 꽃피우면
주변은 꽃피는 아름다운 동산이 된다

박학근 원장 그는 그런 사람이다
슬픔이 강물처럼 흐르는 분위기를

근심 걱정이 없는 에덴동산으로 만든다

노먼 커즌스 그는 웃음 창시자
박학근 그는 웃음 제조자이고 실무자

웃음을 창조하는 사람은
이 사회를 고통 없이 밝고
환하게 물들이는 빛의 향기이다

노먼 커즌스가 웃음으로
자기 병을 돌보았고
박학근 원장은 웃음으로
환우들의 병을 돌보고
사회와 국가에 웃음을 전염시키고

이 세상의 인구만큼만
웃음나무가 자란다면
질병 없는 세상이 되고

동물도 웃음으로 춤추며 뛰놀고
식물도 웃음으로 푸르게 자라고
파도도 웃음으로 철썩철썩이고

어찌 우리가 행복하지 않으리
웃음나무 찾아가 전염이 되고
어찌 우리가 건강하지 않으리
웃음으로 하나같이 기쁨과
행복을 건축하고 살아갔으면

우주에 웃음 아지랑이 가득한 세상!

# 별빛 미소

눈을 감는다
꿈속에서도
새벽하늘은 별들의 밭이다
눈을 뜨면 사라진
새벽하늘의 별밭

요술쟁이 자연 할매
내게 장난치고 싶었나 보다

아가에게 과자 줬다 뺏어간
심술쟁이 할매처럼

잃어버린 별밭 찾아 뒤척이다 깨어
창문 여니 새벽 별들이
빛의 미소로 나를 반겨준다

내 몸의 세포들도
별빛 미소로
나도 자연계의 한 점이다

# KTE 재능

그녀는 엔터테인먼트 미싱이다
그녀는 비건 음식 전문 셰프이다
그녀는 게임 프로그래머이다
그녀는 가수 중의 명가수이다

그녀 곁에 있으면 팡팡 터지는 웃음
노래와 코미디로 행복이 날개 돋는다
그녀와 함께이면 치유는
따놓은 상장이고 선물이 된다

나의 치유를 위해 그녀냐 의사냐?

KTE를 선택한 내 탁월한 결정은
치유가 고속도로로 달려서
종착역에 가까워지고 있다

KTE와 함께 하고 싶어서
나는 종착역에 내리지 않고

더 타고 어디든지 가고 싶다

물 좋고 산 좋은 정자가 있고
KTE의 공연이 웃음과 박수로
생명 유전자를 켜주는 곳으로
나는 그녀를 따라다니고 싶다

이 세상 어디라도 좋을
웃음꽃 넘치게 피는 그곳으로

# 그대는 희수 제니

자주색 꽃이 원추화서로
가을에 피는 초롱꽃은
충실과 정의의 뜻을 가진 꽃
디퓨저용으로도 훌륭한 꽃이라
그대의 이름도 제니 희수 제니

그대는 꽃 디자이너
웨딩홀을 아름다운 행복으로 꾸미고
장례식장을 거룩하게 장식하고
교회 강단을 축복스럽게 디자인하는
그대는 플라워 디자이너

그대는 아로마 디퓨저 디자이너
라벤더 로즈메리 강황 레몬 생강
유향 온갖 아로마오일을 믹스하여
필요한 환우들의 고통을 도와주는
그대는 디퓨저 아로마 디자이너

만날 때마다 꽃 선물을 주는
만날 때마다 디퓨저 아로마 향기를
제 방에 켜주는 빛의 천사
그대는 꽃과 아로마 향기로
세상을 싱그럽게 그려가는 예술가

이 세상이 필요로 하는 이 땅의 천사
그분의 사역으로 사명감 품고
피곤을 꿀 마음으로 헌신하는
그대는 봉사의 천사 희수 제니 희수

꽃을 보면 그대 생각나고
아로마오일 보면 그대 생각나는

# 그대는 셰프 마가렛

그대는 여러 사람에게 기쁨을 주는
어떤 재료도 그대의 손을 만나면
훌륭한 음식이 만들어지는 셰프

그대는 음식을 준비하기 전 먼저
그분의 말씀을 묵상하고
정성과 사랑으로 빚어내는
건강한 음식을 연구하는 셰프

히포크라테스의 명언에
'음식으로 못 고치는 병은
약으로도 못 고친다'라고 했듯이
좋은 음식은 병을 치유하는 의사

그대는 질 좋은 음식으로
그분의 뜻에 어긋나지 않게
환우들의 음식을 기도와 사랑으로
고치려는 사명감과 진정성으로

건강한 음식을 창조하는 예술가
뉴스타트 교육원이 필요로 하고
모든 환우들의 건강을 다스리는
귀중하고 소중한 존재 마가렛 셰프

그분의 능력이 그대와 함께
환우들의 식사가 기쁨이 되고
치유가 되는 선물이 되기를

# 설악 해맞이 선물

새벽 미명 이도령 봉사자의 차로
설악 해맞이공원 방파제로 갔다

새벽 바닷길을 여는 부지런한 어선들

찬란히 떠오르는
햇살 에너지 받고
스트레칭이 춤을 춘다

새벽의 떠오르는 태양에게
새벽의 깊고 푸른 바다에게
우리들이 보내는 묵언의 기도

오존의 싱싱함으로 돌아오는 사랑
호흡으로 깨어나는 유전자들
치유를 일으키는 바다의 유향

따뜻한 이도령 봉사자의

사랑과 정성의 협력으로
마음과 몸의 세포들 하나하나
새벽부터 승리의 만세를 부른다

이도령 님의 정성은 특별했다
찬 공기 속 의자 바닥과 등받침을
따스하게 데워주었다

피땀 흘려 지은 유기농 고구마를
박스 박스로 여러 사람에게 선물한다
나는 그가 걱정이 되었다
모두 다 퍼주고 어찌할는지

그분께서 30배 60배 100배로
크게 축복해 주시기를 특별한
새벽의 기도로 간구를 드리고
올려다본 동해의 하늘이
싱그러운 미소를 짓고 있는 아침

주는 자의 손이 축복 손이라는 그분

# 백담사

미시령 지나 인제를 가다가
백담사 가는 길로 들었다

주차장에 개인 차를 세우고
백담사행 버스를 탔다

버스는 단풍 든 필경을
실물로 보이며 산속을 달렸다

한때 세상의 화제였던
고 전두환 전 대통령이 머물렀던 백담사

그로 인해 절이 더 건축되고
다리가 만들어져서
오늘날 누구나 쉽게 갈 수 있고
등산할 수 있는 아름다운 백담사

더는 좋을 수 없는 무공해 하늘

무공해 나무숲 무공해 개울
내 영혼이 머물고 싶어하는 자리

나는 그곳에 섬이 되었다
외롭지 않을 섬이 되었다

마음을 두고 온 곳
다시 가고픈 백담사여

# 성인대 신선

북 설악산 고성 화암사 옆
왼쪽 산길 따라 오르면
성인대로 오르게 되네

오르는 산책로가 다소 가파르지만
힘든 만큼 즐기며 올라가니
단풍이 여느 때보다 곱다

옛 신선대라 불렸던 성인대
그곳에 오르면 울산바위와 신선봉
강릉이 한눈에 들어온다

그래서 사람들은 힘이 들어도
오르고 또 오른다

절경이 성스러운 신선이 되고
느껴 보는 찰나를 경험할 수 있는
귀한 기회를 선물 받게 되었다

생각을 벗고
욕심을 벗고
세상을 벗고

한순간 성인대에 앉아
신선이 되어 보니
자연이 나를 품고 살자 하네

이 마음 무너지지 말자 하니
어느새 내가 나를 잊고
고해 없는 신선이 되네

# 누룽지탕

산행을 마치고
밥상이 특별하다는
시골 이모네 집에 갔다

백 순두부와 메밀부침이
마음을 훔치더니 누룽지탕은
정신을 강탈해 갔다

초당집 매운 순두부에 데인 위가
누룽지탕을 만나더니
신선이 절경을 만난 듯
위장이 누룽지를 즐겼다

삶은 새옹지마
병은 전화위복

시골 이모네의 후한 마음
누룽지와 함께 행복했다

위의 세포들이 부드러움으로
힐링된 고마운 누룽지탕
산행이 기쁨이 된 하루

산소는 내 몸의 은행이다
언제나 소유하고픈 사랑이다

# 피골계곡

일 년 만에 설악산
피골계곡으로 다시 갔다

유난히 가을비가 잦은 한 해
계곡의 몸이 불어나
오페라가수처럼
우렁찬 노래로 마중해 준다
새들과 다람쥐도 온몸으로 반긴다

가뭄으로 꺼진 DNA
향기로운 가을비에
계곡 유전자가 춤을 추고
온몸의 DNA들이
계곡의 음악 소리에
활개치며 켜진다

신이 난 피골계곡
우렁찬 물줄기

세상의 더러움 싣고
온갖 고통과 괴로움 싣고
고운 단풍잎 싣고
다람쥐와 새들의 노래 싣고
신나고 흥겹게 달린다

피골계곡의 알레그로로
흐르는 물소리 듣고
메마른 내 몸의 세포
화들짝 잠에서 깨어난다

천연계의 리듬을 이 또한
암이 내게 준 선물인 것을

# 백투에덴에서

백투에덴 4층 옥상에서
아침 스트레칭하며 하늘을 본다

흰 백마 한 쌍
파란 들판을 달리는 그림
구름은 자기를
마음이 원하는 대로 형상화한다

설악산 공기는
우리의 마음과 몸을
맑은 하늘처럼 정화시켜 준다

뉴스타트 그룹도 흰구름처럼
아침 스트레칭이 자유롭다

삶은 이리도 큰 기쁨이고
넘치는 축복인 것을

누구에게라도 마구마구
사랑을 퍼부어주고 싶은 아침
미토콘드리아가 춤을 춘다

옥상에서 양팔을 높여 벌리니
하늘이 내 품에 가득하다
내가 하늘 품에 평화로 안긴다

# 어느 센터장

그는 잘 웃는다
그의 얼굴은 둥글게 둥글게
태양의 후광을 그리며
곁에 있는 사람을 웃게 만든다

그와 함께 있으면
웃어서 기쁘고
여행해서 즐겁고
병이 치유되어 승리의
행복을 누리게 된다

오~ 천국과 지옥은
선택과 결정이 가져온
인연에서 시작되는 것을

그의 곁에서
마지막 계절이 다할 때까지
머무르고 싶어진다

곱게 물들었던 단풍이
예쁘게 내려앉을 때까지

품격 있는 사람이 선물이다

# 토왕성폭포

설악산 트래킹 코스로
토왕성폭포 전망대를 오른다

곱게 물든 단풍나무를 보노라면
곧 낙엽이 될 시간이 보인다

나도 곧 토왕성폭포로
낙엽으로 내려앉아
자연으로 돌아가겠지

폭포처럼 절경으로
단풍처럼 곱게 물들어
남에게 줄 선물로 뭐가 좋을까

자연에게 한 점 양식이 되고
사람에게 한 점 기쁨이고 싶다

인생이란 자연으로 살다가

천연계로 돌아가는 것이지

'자연을 멀리하면 질병이 찾아오고
자연을 가까이하면 질병이 도망가고'

나이 들어감은 슬퍼할 일이 아닌
죽음은 본향의 집으로 돌아가는 것
즐거워하고 기뻐할 일이 아닌가

폭포는 떨어지며
아름다운 풍경을 만들고
사람은 죽어야
찬란한 4차원을 갈 수 있고

이 땅에서의 삶도
아름다운 소풍이고
그 나라의 삶도
신비로운 여행이 될 것을

# 척산온천

물이 맑고 부드럽다
내 몸이 아기 피부처럼 매끄럽다

황금탕이란 이름이 손색없다

우리는 탕 안에서
마스크를 걸치고
타월 모자를 만들어 썼다

코비드 이전과
코비드 이후의
완전 다른 탕 안 그림이다

흰 타월 모자와 흰 마스크한
여인들 품격이 고급스럽다

마이너스는 멀리 보내고
플러스로 세상을 보니

탕 안에도 평화가 자란다

척산 온천수처럼
맑고 환한 사랑이
소리 없이 익어가는 계절이다

몸이 웃고
마음이 웃고
건강이 웃는다

# 냉방 온방

첫날은 냉방이었다
얼굴과 손발이 시렸다

마태복음 7:7절이 떠올라
간절히 기도했다

모두들 다른 방으로
옮겨라 했으나
나는 기도를 믿었다

110호 흰색 침실이 신혼방처럼
좋아 보여 옮기고픈
욕심이 생겨났다

좋은 방은 남은자 강사에게 양보해야지
기도 안에서 들려 온 무언의 소리

새벽녘 한 번도 깨지 않고

잘 자고 일어나니
냉골이 지글지글 온골로 끓고 있었다

제게 감동 주시려고
기도하게 하신 당신
오늘은 더 큰 감사가 넘쳐났다

어찌 감사하지 않으리
어찌 세포가 깨어나지 않으리

양보의 삶은 내게 플러스를 준다

# 고마운 바람

비를 잉태한 구름이
산을 휘감고 내려오네

수백 가지 잎새들
산을 채우고 있는 나무들
각각 다른 모양으로
흥에 겨워 춤을 추고 있네

바람의 묘기이다
문밖 나무들 산소로
비와 리듬 맞춰 부르는 노래
내 귀가 즐겨 듣는다

바람은 마른 내 피부마저
알아차려 수분으로 주름을 펴주네

바람은 고맙게도
미국 주숙녀 작가의 기도를 물고

태평양을 건너와서
내 영혼을 흠뻑 적셔주네
시카고 이남 작가의 그분 말씀도
매일 아침 바람이 싣고 오네
바람아 주 작가와 이 작가에게
한국의 내 안부도 전해다오

비야 내 마음에도 내려다오
바람아 내 가슴을 파란 캔버스로 만들어
누구나 그림을 그릴 수 있게 해다오

바람아 나도 너처럼 자유롭고 싶다

# 빛의 손 HJK 교수

그대 마음은 천일염
그대 손은 힐링의 빛
빛과 소금의 맞잡은 악수
예술을 창조해 낸 알찬 사랑이네

박학근 힐링캠프 환우들 위해
특별히 구성하여 꼭 필요한
요점들만 선별하여 엮어낸 정성
뉴스타트만 실천하면
어느새 달아난 암세포가 되네

그대의 사랑과 정성으로 빚어 만든
책자를 나는 기도의 힐링으로
생각하고 매일 먹고 마시네

빛과 소금을 조합하여 만든
HJK 교수의 사랑 책을 곱씹고
나는 암이 내게 준 선물이라

생각하며 더 건강하고
더 기쁘게 살아가고 있네


HJK 교수에게 드리고픈 감사를
바람의 향기에 실어 보내네

제3부

제주도 애월캠프

# 제주공항에서

와우우~
바람을 타고 눈발이 휘날렸다
춤추며 신나게 내리는 흰 눈눈눈
2021년 2월 17일 제주공항은
나를 흥분으로 들썩이게 했다

캘리포니아 남가주에 살 때
빅 베어나 맘모스 스키장에서 보았던
그 눈을 제주의 흰 눈의 여신은
그리움을 소환해 주었다

제주도에 내린 흰 여신은
조용히 내 마음속을 다녀가며
오늘을, 이 순간을 즐기라 했다

제주도는 한국의 시드니인가
몰려오는 여행객들의 표정
하나하나가 기쁨으로 읽혀졌다

내 행복의 꽃이
그들의 상기된 미소 속에
피어나고 있음이 느껴졌다

내 삶의 희열은 순간의 발견이었다

# You Are in My Heart

오늘 제주는
내 고향 해운대보다 더 춥다
공주 침대 머리에 기대앉아
창밖을 바라본다

흰 떡가루 같고
백설탕 가루 같은
눈이 바람 타고
신나게 내리고 있다

잿빛 바다에서
밀려오는 너울성 파도는
기막힌 풍광의 손길로
내 가슴 속까지 끝없이 밀려왔다

오래전 바다로 그가
차가운 내 몸의 이불 되려고
흰옷 입은 왕자로 내려오고

춤추는 파도로 밀려오고

춥지만 춥지 않은
애월 바다의 밀어
'너는 치유받았어'

그분은 내 안에서
뜨겁게 뜨겁게 생기를
온 마음과 몸속에
골고루 켜주시네
끝없이 사랑을 켜주시네

# 레드 호스텔 옥상에서

아침 스트레칭을 위해
이층 옥상에 올랐다
모인 아홉 명의 얼굴이
솟아오르는 태양 빛에 곤지 찍은 듯
생명력이 넘쳐 보였다

옥상이 몰고 온 트라우마 하나
캘리포니아 남가주에 살 때
산타모니카 이층 건물 옥상에
구멍을 뚫어 비가 새게 했던
골치 아팠던 백인 테넌트의
그림자가 태평양을 건너와
잠잠했던 내 감정에 흠집을 냈다

걱정은 허락하지 않아도 오고
나는 트라우마를 밀어내기 위해
해 뜨는 한라산을 보고 또 보고
애월항 바다를 보고 또 보고

내 상처를 지워냈다

한라산에서의 산소
애월 바다에서의 오존
불어오는 신선한 공기를
각 지체의 세포들에게
깊은 들숨과 날숨으로 선물했다

시든 세포에 생기가 느껴졌다
새로운 환경은 새로운 행복이다

# 힘내거라, 내 딸아*

### - 엄마가 가수 윤태화에게

사랑하는 우리 딸 태화야
너는 엄마의 보석이고
자랑스런 내 분신이지

화려한 궁궐의 무대에서
하이얀 드레스 입고
공주처럼 노래하는
네 모습을 보며
엄마는 행복했지

사랑하는 우리 공주 태화야
네 안에 엄마가 존재하듯
내 안에 네가 살고 있지

엄마는 영혼으로
우리 딸의 무대를 보고
박수 치며 응원했지
우리 딸이 최선을 다하는

모습은 최고로 멋졌어
그까짓 점수는 순위 밖이지

사랑하는 우리 아가 태화야
비바람이 몰아친 후 찬란한
태양이 빛나는 것 믿지

우리들 인생에는 자연처럼
새옹지마와 전화위복이란
말처럼 더 좋은 일이 숨어 있지

고통 속에 기쁨의 씨앗이 있듯

힘내거라 내 딸아
힘내거라 우리 딸 태화야

# 일어나요, 엄마*

- 가수 윤태화가 엄마 위해

당신의 탯줄에서 핀 꽃
태화꽃 윤태화꽃
울 엄마 위해 피었네요

꽃은 피고 지고
꽃은 지고 피고

봄날에 피는 꽃
여름에 피는 꽃
가을에 피는 꽃
겨울에 피는 꽃

꽃은 지고 피고
꽃은 피고 져도

당신의 꽃 태화꽃은
지지 않는 꽃
져도 다시 피는 꽃

엄마 위해 바치는
궁정 무대 울 엄마 위해
부르는 님의 노래 듣고
힐링되어 일어나세요 엄마
어서 어서 일어나세요 엄마~

당신 탯줄에서 핀 꽃
태화꽃은
엄마꽃은
지지 않을 꽃은

영원히 영원히 계절 없이
황홀한 빛으로 피는 꽃
무지갯빛으로 피어나는 꽃

엄마 일어나세요
당신의 꽃을
태화꽃을
가슴에 안겨 드릴게요

엄마 어서 일어나세요
당신의 꽃을

태화꽃을
가슴에 곱게 곱게
사랑으로 안겨 드릴게요

* 이 두 편의 시는 제주 캠프 중, 가수 윤태화의 밴드장이 부탁을 해
서 쓴 것이다.

# 이웃의 긍정이와 부정이


긍정이는 아침이면
새들의 합창을 들으며
미소로 잠이 깬다

옆방의 부정이는
새벽마다 새들 땜에
잠이 깬다고 괴로워했다

긍정이는 자연이 연주하는
바람이 좋아 창문을
크게 열고 귀를 기울인다

부정이는 바람이 귀신의
소리로 들려 미칠 것 같단다

바람이 데려온 웅장한
파도의 노래를 깊은
산속에서 들을 수 있으니

어찌 축복이 아닌가 말이다

부정이는 부정이를 불러
유유상종하고
스스로를 콩을 볶듯 괴롭혔다

긍정이는 부정이에게
긍정이란 애칭을 부르며
틈틈이 웃음을 선물한다

그늘이던 이웃에
햇살이 번지고 새들과 바람이
연주하는 숲속의 하모니 들으며
웃는 얼굴로 변한 부정이

하늘도 감동하여 구름으로
더덩실 미소가 지천으로
풍성히 자라고 또 자란다

이웃의 부정이는 어느새
기쁨을 노래하는 긍정이가 되었다

그분 안에 있으면 모든 것이
형통하는 삶이 되고
부정이도 긍정이가 되고

모든 것이 그분의 축복과 사랑인 것을

# 웃음보따리 김실장과 마르첼리노

잘 웃을 줄 모르는 마르첼리노
그는 태어나서 처음으로
그렇게 많이 웃은 적이 없다고 한다

그녀는 코미디언보다 한 수 위다
김실장의 행동과 말은
웃음 그 자체이다
보기만 해도 웃음이 터진다

웃음은 부작용이 없는
최고의 진통제가 아닌가

웃음으로 여러 질병이
치유된 사례가 얼마나 많은가

그녀가 노래를 부르고
그녀가 춤을 추고
코미디로 웃기고

우울증은 저만치 도망간다

무거운 세월을
오랫동안 살아온 마르첼리노
누가 웃겨도 웃을 줄 몰랐다

그런 그가 웃고 또 웃는다
김실장의 언행에는 아낌없이
박장대소로 호응했다

마르첼리노는
나의 유일한 동생이다
우울증 환자 같았던 동생이
활짝 핀 꽃 같은 웃음을 보이자
나는 기뻤다

김실장의 자석이 되고 싶다고
나의 뇌가 자꾸만 속살거린다
마르첼리노는 나의 자랑이다
김실장도 요즘 나의 자랑이다

자랑은 내 마음에 꽃을 피운다

# 새별오름

마치 새별을 따려고
오르고 또 오르는
높은 언덕이고
낮은 산이고

제주에는 오름이 많고
바람도 많았다
어딜 가도 바람을 만난다

새별오름길엔
바람이 등을 밀어주어
연인이 밀어주는 느낌이었다

나는 내가 누구의 도움 없이
혼자서 정상까지 올랐다
그건 파란 거짓이다

나는 등산 스틱의 힘을 빌렸고

나는 태양의 따스한 온도로
나는 바람이 밀어주는 도움으로
새별오름에서 별을 딸 수 있었다

참 잘 해냈다는 훈장은
내 가슴에서 파란 별로 빛나고 있다
유전자도 파란빛으로 켜지고 있다
제주의 싱싱한 산소가 약이 되었다

제주 캠프가 나를 힐링시켰다
제주도는 내 마음의 보물섬이다

# 곽지해수욕장

제주시 애월읍에 있는
아름다운 해수욕장이다

이곳이 나에겐
샌프란시스코 골든게이트 베이
아름다운 샌프란시스코를 그립게 했다

가는 곳마다 추억이
절로 소환되어 고맙지만
나는 현재의 순간에 집중하여
일행들과의 시간을 즐겼다

바닷물 색깔이 너무나
아름다워 마르첼리노와
멕시코 휴양지 칸쿤의 바다로
여행을 간 기분이었다

그 바닷물이 넘 예뻐서

투신한 사람이 있다는
칸쿤의 스토리가
지난날을 떠올리게 했다

가는 곳마다
비슷한 곳을 만나면
연상되는 추억
긴 줄처럼 딸려오는 것은
얘깃거리가 많아
마음이 부요해지기도 했다

장소보다 더 귀한 것은
잊혀지지 않는 인연인 것을
산타모니카 해변에서
죽음이 두렵다고 울던 그가 그립다

하늘나라 4차원 세계가
더 아름답다는 것을 그는 몰랐었다
두고 떠날 인연 때문에 울었을 것이다

출생은 죽음의 씨앗을 간직하고 있듯
이별은 만남을 보관해두고 있는 것을
서로 사랑하면 언젠가는 만나게 될 것을

# 송악산 둘레길

제주도는
돌 여자 바람이 많다고 했다
오늘은 미국 중남부지방에서
일어나는 토네이도 같은 바람이
송악산 둘레길을 휘감았다

내 몸은 바람이다
내 맘도 바람이다
바람은 나를 업고
송학산 둘레길을
모노레일처럼 달렸다

영화의 장면처럼 지나가는
마라도와 하멜의 표류기
하늘색 닮은 바다는
강풍도 아랑곳하지 않고
평화의 물결로 출렁였다

송학산 둘레길은
내 아픈 무릎을 알아차려
바람이 업고 걸어주었다
나는 바람이 되어 기뻤다

순간순간을 웃고 즐기고
동병상련이라 더 가까이 느껴지는
우리는 행복한 사람인 것을

우리는 서로 사랑하게 될 인연으로
뉴스타트 캠프를 동병상련으로 하는 중

# JJ뉴스타트 센터장

그는 카리스마가 있고
아이처럼 순수한 캐릭터이다

그의 지혜로운 판단력은
그날의 날씨와 장소와 일정을
착오 없이 분별하여 선택을 하고
일행을 각자의 페이스에 맞게
걸어라 빈틈없는 조언을 해 준다

그는 자기의 진솔한 경험과
주변의 상담자들을 통해서 얻은 것을
필요로 하는 이들에게 정성껏
상담을 해주고 있다

그와 마주 앉게 되면
가려지는 것 없이 솔직해진다
그의 가슴이 거울같이
투명하기 때문일 것이다

그런 리더를 만나기 위해
멀리 외국에서도 찾아온다
아픈 몸으로 병원엘 가지 않고
제주도 캠프 중인 그를 찾아와
진지하게 상담하는 모습에서
나는 감동을 받았다

그는 고통이 있는 사람들을
가족처럼 사랑으로 안아준다
그의 곁에 있으면
행복이 스멀스멀 따스한
등불을 켜주는 것 같았다

대책 없는 그의 웃음으로
세로토닌과 엔도르핀이 분비되어
어느새 사라진 돌연변이들

웃으면 왜 복이 오는지
한국 코미디계의 대부 구봉서 님이
가르쳐준 그 웃음처럼
박학근 원장님의 해맑은 웃음을 닮고 싶다

# 서귀포 치유의 숲

오솔길을 걷고
넓은 황톳길도 걷고
편백나무 우거진 숲속
레스팅 의자에 누워서
바라보는 하늘은
나뭇잎으로 수를 놓고 있었다

나뭇잎 사이로 번지는 그리움
하늘나라의 그가 쏜살같이 날아와
내 품에 안겨 들숨날숨으로
치유의 노래를 불렀다

살아 있으므로 감사하고
그리움이 부르면 달려와 주는
그가 있기에 감사하고
감사하지 않는 것이 없는 오늘
너무나도 감사해서 축제의 바람은
숲을 흔들어 춤을 추게 한다

삶, 이렇게 아름다운 것인 줄을
그분이 우리에게 감사하고 기쁘게 살라 했듯
남은 날은 그저 웃고 행복하게 살아야지
늘 감사에 감사를 더하고 살아야지
서로 사랑하며 살아야지 (요13:34)

# 제주 어승생악오름

한라산의 기생 화산인 어승생악
내 기억으로
아프리카 희망봉보다 더 높은 산이고
사람은 자신이 없어도
그 물결에 합해지면
굴러굴러 가게 된다는 것을
실감한 하루였다

힘이 들 때마다
하늘을 올려다보고
푸른 기운을 당기며 걸었다

나의 무릎이
나의 심장이
다림질된 듯 진통이 없었다

정상에 올라간 승리감
피로를 싸악 풀어주었다

시야에 들어오는 제주도
내 품 안에 다아 안겼다

나는 자꾸만 오르고 싶었다
그 나라에 사는 사람들을 만나려면
허공을 딛고 올라야 하니까
욕심은 접혀지지 않고
내 마음은 하늘을 오르고 있었다

저 파란 하늘나라도 좋고
이 푸른 제주의 동산도 좋고
왠지 자꾸만 기분이 좋아졌다
누군가를 첫사랑처럼 사랑하고 싶은

서로 사랑하라는 그 말씀 따라
나도 사랑을 하리라 (요4:7)

# 조이랜드에서

아름다운 동산엔
귤나무 한라봉나무
황금 과일이 주렁주렁
보기만 해도 침이 삼켜졌다

조이랜드 주인
안 사장님이 무료로 제공한
찜질방에서 우리 일행은
저녁마다 화기애애한
스토리를 생산했다

안 사장님의 인생 설계
살아서는 가난한 이웃에게
후회 없을 봉사를 하고

죽어서 흙으로 돌아가
나무 십자가 하나 만들어 세워
바람에 쓰러지면 먼지가 되고

자연과 조우하겠다는 멋진
그의 생각을 훔치고 싶었다

조이랜드에서
마음의 기쁨과
몸이 힐링된 축복을
그분으로부터
풍성한 선물을 받았다

빛으로 일하시는 분
빛으로 우릴 치유하신 분
그분 발밑에 엎드리고 싶은 날

# 도시와 산속

도시에서 나는 위층과 아래층
소음으로 잠이 깨곤 했다

산속에서 나는 새들과 바람의
노래 들으며 잠이 깨곤 한다

도시에서 나는 매연 내음으로
머리가 아팠다

산속에서 나는 아카시아 찔레꽃
허브 향기가 내 몸을 치유했다

도시에서 나는 자식들 손주들
자랑을 듣느라 귀가 아플 적이 많았다

자연에서 나는 천연계의 겸손에
절로 고개가 숙여졌다

도시에서 나는 잘났다 잘산다
자랑의 늪에서 공해를 귀로 마셨다

산속은 나무들이 작다 크다
자랑 대신 숲으로 힐링을 해 준다

아하~ 선택은 그대와 나의 자유이다

# 약을 끊었네

혈압이 높아 수년 약을 먹고
뇌출혈이 왔었네

자연식 하고 약을 끊었네

당화 수치가 높아
약의 수치도 따라 높아졌네

매일 운동하고 소식으로
약을 끊었네

음식으로 못 고치는 병은
약으로도 못 고친다는
의학의 아버지 뜻에 충실했네

불편했던 긴 터널의 세월이 지나고
찬란한 햇살이 나를 포근히 안아주네

희망이 생기고 세포가 살아나
다시 꿈꾸며 행복하게 살라 하네
다시 기쁘게 감사하며 살라 하네

오늘 이 순간이 내 생애 최고인 것을

제4부

여행하는 뉴스타트

# 박학근 원장의 웃음

그의 얼굴은 웃음의 터전
꽃씨 하나 물 위로 심으면
큰 꽃 작은 꽃 파문으로
환한 미소꽃 퍼져가네

그의 얼굴은 가을 과수원
햇살 영근 과일 웃음으로
주렁주렁 열리네

그의 몸은 춤추는 방앗간
숲속이든 모래밭이든
무대가 없는 무대에서
누구나 찐하게 웃음 치유 받네

노먼 커즌스는 웃음학의 아버지
박학근 원장은 웃음 치유 실무자

가가대소 박장대소 앙천대소

파안대소 홍연대소로 웃기고 웃긴다

우리도 선배 따라 실천하면
세포마다 건강꽃 피어나고
유전자가 웃음으로 꽃피는
건강한 세상이 밝아지리라

웃음의 꽃 긍정의 꽃으로
사랑의 물결이 밀물되고
평화의 물결이 밀물되고
온 지구촌에 웃음꽃 피리라

박학근 원장의 웃음은 전염성이 깊어
오장육부의 운동을 불러일으킨다

# 3대 폭포수

나이아가라폭포
뉴욕과 캐나다

이과수폭포
브라질과 아르헨티나

빅토리아폭포
잠비아와 짐바브웨

세계 3대 폭포는
규모상 두 나라에서
볼 수 있는 장엄한 폭포이다

설악산 3대 폭포는
육담폭포
비룡폭포
토왕성폭포

산세가 비범한
설악산의 절경은
토왕성폭포이다

토왕성 폭포수는
정기가 튼실한
설악산의 강한
오줌 줄기 같다

보기만 해도 온갖
질병을 싸악 씻어 줄
치유의 근원이 된다

그 오줌 줄기에 매 맞고 싶다

# 물치항 파도

양양 물치 해변가
수평선 뭉게구름
바다로 내려와서
꽃구름 파도 되어
춤과 노래로 자기를 연출하네

바다는 흰 건반을 만들어 놓고
쉼 없이 질주하고
파도는 초킹 비브라토로
자기를 극적으로 연주하네

구름이 흐르는
수평선 주변의 하늘
떨어질 수 없는
바다의 동반자네

늘 붙어 있는 듯
하늘과 바다는

언제나 함께하는
정다운 부부

수많은 아이들을
파도로 출산하네
음이온 오존을 만드는 파도
우리의 건강을 회복시켜 주네

파도의 해산 부럽지 않게
우리는 동병상련의 인연으로
형제자매로 새롭게 태어나네

물치항 파도의 리듬으로
내 마음이 일어나 춤을 추네

# 오색약수골

한계령 쉼터에서
호흡을 가다듬고
내림길 따라 걷고 또 걷고
주전바위 지나 오색약수터
계곡 물줄기와 함께 걸었네

단풍 향기
온몸과 마음에 스미어
발걸음이 새처럼 가벼웠네

이름도 다정한
이모네 집에서
도라지가 듬뿍 든 산채비빔밥을
숨 쉴 틈 없이 먹었네

돌아서기 아쉬운
오색약수골
가슴으로 품고

추억을 데리고
돌아서기로 했네

산나물 향기가
내 몸속에서
항산화로 치유해주네

나는 오색약수골
풍경으로 미소를 만들어
주변을 환하게 밝혔네

# 곰배령 걷기, 나는 내가 자랑이다

2022년이면 내 나이 80세가 된다
죽어도 괜찮을 나이라
용기 내어 곰배령 왕복을 걸었다

물결처럼 흘러가듯 걷는
사람들 따라 나를 내려놓고 가니
어느새 곰의 배를 밟고
정상에 서 있는 나를 만났다

곰의 걸음으로 가서
나를 만난 것은 감동이었다

구첩 산이 내 가슴으로
거울 같은 하늘이 내 품으로
나를 응원하는 박수 소리
오늘 걷기는 내 삶에
잊을 수 없는 승리이다

나는 내가 자랑이다
나는 내가 감사이다
나는 내가 사랑이다

스스로에게 칭찬을 아끼지 않았다
사랑을 듬뿍 받은 승리의 행복
세상 부러울 것 없는 오늘이었다

곰의 걸음으로 올라간
나를 안고 업고 올라가 준
곰배령아 잊지 않고
사랑으로 기억하고 싶구나

자신감 있는 걷기로
저는 오늘치의 건강은
힐링으로 큰 선물을 받은 것이다

곰배령아 네가 자랑이다
나도 내가 자랑이란다

# 노천탕

설악산 캠프 힐링 여행하던 중
곰배령 피로를 풀며
노천탕에 비스듬히 누웠다

파란 하늘에 떠 있는 흰 구름
움직이며 온갖 그림을 그려주고
우리는 그분의 작품을 감상했다

당신 안에서 보호받는
우리는 힐링된 몸과 마음으로
노천탕을 벗어던졌다

우리의 어깨 위에
흰 구름 날개가
반짝이며 돋아나 기지개를 켰다

마음대로 날 수 있고
숨 쉴 수 있는 오늘을

선물로 받은 건강의 축복

우리 편이 되어주신 당신께
천상의 숫자로 감사의
찬미가를 바치고 싶었다

# 감자옹심이

속초중앙시장
감자나무집 감자옹심이
향토 음식점에 갔다

오랜 세월이 지나도
맛과 장소는 추억을
기억하는 힘이 있었다

조카 내외와 먹었던 감자옹심이
황태와 명란젓 쇼핑했던 시절
엊그제처럼 생각이 났다

뉴스타트하는 친구들과
감동으로 먹었던 감자옹심이
벌써, 추억이 탄생되어
그리움으로 차올랐다

그리움은 가슴 설레는

추억을 담아내는
아름다운 부요이다

감자옹심이가
그리움이 된
콩트 한 편을 그린
힐링을 선물 받은 기쁨
풍선처럼 생기를 켜주는 날이다

# 경포대 영랑호

설악산 비경이
감싸 안고 있는
영랑호 영랑정
범바위 언덕정

하늘 한 점 내려와
온갖 풀꽃이
갈대와 어우러져
창조해 낸 아름다운
속초 호수공원

산책을 위해
건강을 위해
걷기에 좋은
분위기 딱인
경포대 호수

자연이 비디오

화면처럼 보여주는
지루하지 않은
설악산에서 내려오는
무지갯빛 향기

울산바위가 연모의
마음으로 보호하는
최고의 산책로

몸과 마음이 힐링 입고
유전자가 춤추는
영랑호숫가
영혼이 감동 받은
2.3km의 호수 둘레
고요한 길 달콤한 길

경포대 영랑호수의 신이
내 건강의 날개옷 입혔네

# 강릉 여행에서


안목항에 가니 배를 타고
울릉도로 훅 떠나고 싶었다

그곳은 반겨줄 지인도 있고
메마른 가슴을 설레게 할
특별한 절경이 영원히
변함없이 기다리고 있는데

안목항 파도만 봐도
속이 울렁거려
오장이 쏟아질 것 같았다

멀미로 배를 못 타는 내게
울릉도 비경과 지인은
그리움의 섬이 되었다

언젠가 멀미 없는 배로
비행기가 뜨면 가리라

꿈은 쉬지 않고 자란다

나도 희망섬이 되었다
꿈이 있는 섬은 건강하고
기다리기도 잘하니까

나는 섬이 된 나를
설레는 맘으로 껴안아 준다

# 안목항 커피거리

커피거리를 걸을 때
윤보영 커피 시인이 떠올랐다

왜 커피 시인이 탄생했는지
이 거리를 걷고 알게 되었다

긴 안목거리 바닷가 거리
커피집만 줄지어 서 있는 길

커피가 잠을 못 들게 하는
내게는 불량품인 낭만의 거리
슬픔이 안개 된 외로운 걸음

안목거리 커피거리엔
커피색 비가 내리고
나는 홀로
검은색 비를 맞으며 걸었다

안목항 커피거리에서
나는 빗속의 커피 향기
넘치도록 마시고 마셨다

커피 대신 팔짱 끼고 걸을
낭만적인 그의 그림자와 걸었다

그가 진하게 그리운 날이었다

# 인제 자작나무숲

울산바위를 코앞에서 감상하고
미시령 옛 고갯길을 달려
인제 자작나무숲으로 갔다

키다리 나무들 흰옷 입고
단풍 향수 만들어
자작자작 속살거리는 밀어

꿈에 그리던 당신 음성
사방에서 호흡으로 맘속에
새겨지는 힐링 언어들

돌아오는 길
메밀전병 감자전 막국수
꽃사과 꿀대추
챙겨 먹여주신 당신

자작나무들의 내추럴한 향기

디퓨저 공기로 가지 마라 가지 마라
잘해줄게 붙잡는 유혹의 노래

자연의 품속에서
자작나무처럼 몸과 마음을 키워준
당신께 정성 담아 감사한 하루

나도 자작나무처럼 한결같이
당신께 사랑을 속삭이고 싶다
자작 자작 자자작

# 그대는 향기

마음이 선량해서
몸과 말에서 꽃의 향기가
샘물처럼 솟아오르는 그대

시니어들 위해서
라인댄스를 가르치고
스트레칭을 가르치고

환우들에게 용기와 긍정의
언어로 삶의 희망을 주는 그대

그대의 말에는 향기가
그윽한 웃음꽃으로
달콤한 치유의 꽃으로
끊임없이 피어나네

그대의 향기는
몸과 마음밭에서 피는 장미

사계절 변함없이 푸른 상록수
그대는 숲향기 그대는 꽃향기

# 그대는 해바라기

그대는 숲속에 핀
한 송이 천사 해바라기

맑고 어질게 생겨
향기를 온 숲속에
나누고 나누어 주는
존재의 꽃 힐링의 꽃

해바라기 환한 웃음
해바라기 찐한 미소로
어두운 숲속 마을에
빛의 등불 켜는

그대는 숲속의 빛
그대는 숲속의 소금

산속에 핀 한 송이
생명의 꽃

해바라기 빛의 꽃

세찬 비바람에도
꺾이지 않을 꽃
그대는 밤에도 피는
무공해 해바라기별

# 어느 환우의 말

웃으며 하는 말이었다
하지만 생명의 씨앗이
살아 있는 듯하기도 했다

죽을 것 같으면
그분 말씀이 있는 그곳으로
살만하면 자유가 있는 이곳으로

그분은 거기에 넘치게 계시고
그분은 여기에도 임하시어
어디에서든 우리가 찾기만 하면
늘 함께하시는
사랑이 넘치는 분이시다

'Lord, have all of me'
주님, 홀로 저를 주관하시옵소서

당신의 깊은 뜻을

저희를 통해서 온전히 이루소서
당신 말씀의 씨앗을 저희에게
접붙여 주시옵소서

그 씨앗 싹틔워
저희들 완전히 힐링되게 하소서

# 건축 공사하는 동안

유난히 무더운 2022년 여름
건축에 전심전력을 하고 있을
박학근 원장을 생각하니

우산 장사와 짚신 장사 하는
아들을 둔 옛 격언 속
어머니의 마음이 내 속이었다

비가 자주 오면 건축 중단이 될까
걱정이 되었고
푹푹 찌는 더운 날은
공사 현장에서 일하는
저들의 건강이 걱정되었고

코로나와 우크라이나 전쟁으로
물가가 상승되고 건축 자재가 오른 것을
생각하면 걱정이 파도로 밀려들었다

'아무것도 염려하지 말고
오직 모든 일에 기도와 간구로
너희 구할 것을 감사함으로
하나님께 아뢰라'*

이 말씀을 믿고 의지하며
나는 오직 기도의 응원으로
거룩한 건축이 완공되길
설렘을 안고 기다리게 되었다

아름다운 뉴스타트 교육원을 허락하신
멋지신 그분께 감사를 바치고 싶다

* 빌4:6-7

# 특별한 리더 박학근 원장

이른 아침 시간
영덕 보리레스토랑에서
박학근 원장님이 책을 읽고
나는 조용히 등 뒤를 넘어다봤다

'암이 내게 준 행복'
내 시집을 읽고 계셨다
다음 날, 그 다음 날 아침에도
그는 내 시집을
읽고 다시 읽고 있었다

깊은 감동을 받은 나는
박학근 원장님과 환우들을 위해
'암이 준 하늘선물'이란
두 번째 시집을 쓰겠다고
그때 결심을 하게 되었다

감격

감동을 받게 되면
가슴이 먼저 달려가서
무슨 일이든지 하고 싶어진다
감격하면 꺼졌던 DNA도
마구마구 켜지는 것을

신축된 가평 뉴스타트 교육원
박학근 원장님과 직원들 그리고
환우분들을 위해 이 졸필의
시집을 출간하게 되었다

그분이 주신 무조건적인
사랑의 선물을 나누게 되어
기쁘미*는 참 기쁘다

감동과 웃음으로 나를 낮게 하고
우리 모두를 힐링해 주시는
그분께 기쁨과 감사를 바치고 싶다

* 기쁘미는 저자의 예명입니다.

해설

# 장소의 기억, 그리고 치유의 노래

- 이향영-Lisa Lee의 『암이 준 하늘선물』에 부쳐

## 길을 떠나며

현대인의 삶에서 빠트릴 수 없는 키워드를 지목한다면 당연히 '여행'이다. 인간은 원래 무엇인가를 끊임없이 탐색하는 존재이기도 하지만, 여행은 그 자체로 의식의 변혁을 가져다주며 치유와 소통의 역할을 한다. 물론 역사나 문학에 등장하는 고대의 여행은 생사를 건 모험길이자 위험과 장애가 도사리는 험난한 고생길이 대부분이었다. 숱한 실수와 예측불가한 고난이 있더라도 결코 도상의 여정을 멈추지 않는 존재도 인간이다. 그러기에 가브리엘 마르셀은 인간을 '여행하는 인간Homo Viator'으로 표상했다. 마르셀에 의하면 인간이란 근원적으로 길 위에 선 나그네이며 순례자라는 것이다.

그러한 길찾기로서의 여행은 글로벌 시대에도 유행

처럼 통용되어 미지의 체험뿐만 아니라 휴식이나 힐링을 목적으로 하거나 재충전과 깨달음, 심기일전과 놀라운 변화를 예상할 수 있는 힘을 갖게 한다. 즉, 오늘날의 여행은 방향성 없는 무모한 배회가 아니라, 세계와의 만남 속에서 공감과 소통과 자기 인식에 이르는 중요한 계기가 되고 있다. 더군다나 여행으로 유발되는 내면의 심리변화가 긍정적인 결과로 나타날 때 이를 여행의 치유효과로 간주할 수 있다. 나아가 문학을 매개로 함께 선택한다면 육체와 정신의 조화로 치유 속도를 높일 수 있을 것이다.

길 떠나기는 언제나 장소성을 동반한다. 길은 단지 이동하기 위한 통로이거나 목적지를 연결해주는 선만이 아니다. 도착하고자 하는 장소 앞에는 지나온 길이 놓여 있으며, 길 또한 하나의 장소가 될 수 있다. 그러므로 여행지와 장소는 끊임없이 연결되고 교차한다. 여행이 장소로부터 떨어져서 평가될 수 없다는 이유이다. 그런 의미에서 이향영(미국명, 리사리Lisa Lee)의 시집 『암이 준 하늘선물』은 작가가 정주의 공간인 집을 떠나 자연치유 생활을 하고 섬과 바다, 산과 계곡 등으로 힐링여행을 다니며 심신의 회복기를 담은 '치유시집'이라 명명할 수 있다.

아울러 저자는 43년간 미국 이민생활을 마치고 2017년 부산 해운대로 귀향한 후 본격적인 기증작가로 활동하고 있다. 그녀는 20대에 미국으로 건너가 셰익스피어 문학과 순수미술 등을 전공하였고, 파인아트로 석사과정을 마친 뒤 시집과 소설 등을 상재했으며, 아들의 죽음 이후 『하늘로 치미는 파도』(1993)를 출간, 수입금을 'PAUL EUBIN LEE 메모리얼 장학재단'에 기부하면서 기증작가로 살게 된 계기가 되었다. 이후 진혼곡으로 그려낸 자전적 소설 『레퀴엠』(2009)이 신동아 논픽션 우수작으로 당선되는 등 왕성한 창작활동을 해왔다. 고국으로 돌아와 이태석 신부 추모시집 『환한 빛 사랑해 당신을』, 트로트 가수들을 위한 『세븐스타 그대들을 위하여』, 한부모가정을 위한 헌정 시집 『별들이 소풍 와서 꽃으로 피어 있네』와 함께 이미 이번 시집에 앞서 암 환우들을 위한 『암이 내게 준 행복』을 펴내 기증하였다. 이와 함께 코로나19로 절망하는 소상인들을 위해 '부산 아너소사이어티' 기부 등 각종 사회공동체 기부 등으로 '2021년 사랑의열매 기부대상'을 수상하면서 계속하여 봉사의 삶을 문학으로 극대화시켜내고 있다.

이에 『암이 준 하늘선물』을 통해 보여준 제주와 가평, 속초와 양양 등 힐링 여행지의 장소애와 '뉴스타트 교육원'에서 실천한 인간애를 중심으로 작가적 성찰과 창조적 해석력을 살펴보고자 한다.

## 1. 여행, 감성을 통한 자아회복

　인간은 경험을 장소에서 갖는다. 공간과 장소를 구분한 인문지리학자 이푸 투안은 "공간이 우리에게 완전히 익숙해졌다고 느껴질 때 그곳은 장소가 된다."라고 정의하며, 집, 동네, 고향, 도시, 국가, 신전, 작은 나무 밑 그늘진 곳, 심지어 부모의 품과 애정이 깃든 사물도 하나의 장소가 될 수 있다고 제시하였다. 요즘 젊은이들이 유명 프랜차이즈 커피숍을 선호하고 핫한 여행지나 맛집을 순례하듯 과거의 청춘들도 대폿집이나 짜장면집을 즐기고 극장이나 다방을 기웃거렸다. 이러한 옛 장소들이 나만의 장소애로서 애착을 갖게 되었다면 당연히 '토포필리아topophilia'가 되는 것이다. 철학자 제프 말파스 역시 "인간이 장소 안에 존재하지 않는다면 아무것도 구성할 수 없다."고 보았다. 즉 '장소'는 '장소 경험'과 함께 인식되므로 사람이 자리를 만드는 것이 아니라 자리가 사람을 만든다는 말과도 일맥상통한다.

　이향영의 이번 시에서도 장소는 경험이 동반된다. 다시 말하면 이푸 투안과 말파스의 주장대로 장소 속에 작가의 '직접적 경험'이 존재하므로 내재적 장소성이 확장되었다고 할 수 있다. 아울러 그녀가 힐링 여행을 떠난 가평, 강릉, 속초, 양양, 춘천 등은 작가에게 실존의 의미와 정체성 회복을 구현해 주었다.

> 안목거리 커피거리엔
> 커피색 비가 내리고
> 나는 홀로
> 검은색 비를 맞으며 걸었다
> 안목항 커피거리에서
> 나는 빗속의 커피 향기
> 넘치도록 마시고 마셨다
>
> 커피 대신 팔짱 끼고 걸을
> 낭만적인 그의 그림자와 걸었다
> ─ 「안목항 커피거리」 일부

화자는 강릉 안목항의 커피거리를 걸으며 "커피 시인"이라는 별칭이 붙은 어느 시인을 떠올린다. 커피가 화자에게는 불면의 음식일지라도, 비록 함께 걸을 낭만적인 "그"가 옆에 없더라도 상관없다. "그의 그림자"와 팔짱을 끼고 커피 향을 맡으며 커피 시인을 떠올리는 것만으로도 충분하다. 뿐만 아니라 거슬러 올라가 이곳 커피거리가 천 년 전 신라의 화랑도들이 노닐던 유적지라는 사실을 자각했을지도 모를 일이다. 그러니 홀로 검은색 커피 비를 맞는 감성의 장소가 되는 것은 당연

한 일이다.

그러한 장소성의 확장은 남이섬에서 "5월의 꽃비"를 맞고, 설악산에 올라 "성인대 신선"을 상상하며, 한국전쟁도 비껴간 깡촌의 문배마을에서 지난 역사의 아픔을 되새긴다. 또한 축령산을 오르면서 나비도 선생님으로 인식하고, 곰배령을 완주할 때는 "나도 내가 자랑"임을 지각하며, 가평수목원 빈 의자에서 "너는 이미 다 나았다."라는 "그분"의 천국의 음성을 듣게 된다.

> 피골계곡의 알레그로로
> 흐르는 물소리 듣고
> 메마른 내 몸의 세포
> 화들짝 잠에서 깨어난다
>
> 천연계의 리듬을 이 또한
> 암이 내게 준 선물인 것을
>
> -「피골계곡」 일부

인간이 '어디'라는 공간적 장소 안에 그리고 시간적 흐름으로 '언제' 머문다는 것은 그 속에 중심적 사고가 투영되었다는 것을 의미한다. 그러면 이향영이 피골계곡에서 깨달은 것은 무엇인가. 흐르는 물소리를 듣고 계곡 풍경을 눈에 담으며 몸이 반응하는 것을 "암이 내게 준 선물"로 내적 지평을 확장한 일이다. 이러한 경험을 비추어보면 인간에게서 장소의 연관을 제거하면 인간다운 정체성이 증발해버린다는 것을 재확인할 수 있는 것이다.

## 2. 제주, 경이로운 시간 체험

이향영의 장소성은 제주로 이동된다. '제주'라는 지명은 현대인들에게 매력도가 높은 로컬관광지로서 소위 핫플레이스로 인식되는 곳이다. 그 속에 이향영이라는 구체적 개인이 존재하면서 낯선 장소는 새로운 '나'와의 기억을 매개로 유대감이 형성된다. 그 체험에 대한 해석은 프루스트가 과자 조각이 섞인 홍차 한 모금에서 콩프레 시절 레오니 고모와의 기억을 불현듯 떠올리듯이, 작가에게 독자적인 고유 장소로서의 의미가 부여된다.

그녀의 제주 방문은 '뉴스타트 교육원'에서 연계한 '애월캠프' 경험에서 시작한다. 이곳에서도 송학산 둘레길을 "모노레일처럼" 달리고, 어승생악오름길을 천천히 걷고, "바람이 등을 밀어주는" 새별오름길 정상에 무사히 도달한다.

나는 내가 누구의 도움 없이
혼자서 정상까지 올랐다
그건 파란 거짓이다

나는 등산 스틱의 힘을 빌렸고
나는 태양의 따스한 온도로
나는 바람이 밀어주는 도움으로
새별오름에서 별을 딸 수 있었다

- 「새별오름」 일부


　이향영에게 감성의 깊이는 영원한 시간성을 획득한
다. 지난 제주 여행의 감흥은 "가슴에서 파란 별로 빛
나고", 애월바다의 풍광은 지금도 너울성 파도로 밀려
온다. 작가는 제주에서 걷기를 통하여 흔적을 체험한
다. 산길과 바닷길의 질감을 느끼고 숲과 해변의 공기
를 마시며 마주치는 사람들과 이야기를 나누면서 자신
을 들여다보고 타인을 생각한다.
　작가는 경험의 연속을 통해 암환자라는 고통에 갇히
지 아니하고 '몸의 회복'이라는 긍정적 의식을 확장해
나간다. 그리하여 각성과 치유에 이르는 시적 주제를
구현해낸다. 당시 제주의 '나'와 지금 여기의 '나'가 조
우하면서 「You Are in My Heart」에서의 "너는 치유
받았어."라는 시적 언어로 통합을 이루어내고, 곽지해

수욕장의 바닷물 색깔을 통해서는 과거의 여행지였던 멕시코 휴양지 칸쿤의 바다를 소환해낸다.

> 그 바닷물이 넘 예뻐서
> 투신한 사람이 있다는
> 칸쿤의 스토리가
> 지난날을 떠올리게 했다
>
> 가는 곳마다
> 비슷한 곳을 만나면
> 연상되는 추억
> 긴 줄처럼 딸려오는 것은
> 얘깃거리가 많아
> 마음이 부요해지기도 했다

-「곽지해수욕장」일부

여행의 즐거움은 오로지 새로운 장소의 경험으로만 오는 것이 아니다. 경이로운 시간 체험으로 내재된 감각과 잃어버렸던 심상을 깨워 정신적 자아를 되찾는 일이 가능하기 때문이다. 우리를 행복하게 만드는 것은 경험 그 자체가 아니라 '경험에 대한 기억'이라는 말을 떠올려보더라도 같은 장소에 있어도 개인에 따라 장소성은 달리 해석된다. 작가가 곽지해수욕장 바다를 보고

대륙 너머 칸쿤의 바다를 떠올리는 것도 장소를 통해 과거의 파편화된 경험적 시간들이 표출되어 현재화된 것이라고 볼 수 있다. 시공간을 초월한 여행 기억이 일상에서의 상처들을 치유하고 현실세계와 접목하여 시적 풍경을 재생산해낸 결과라고 하겠다.


## 3. 교육원, 따뜻한 인간애의 실천

인간은 사회적 존재로서 서로 관계맺음을 통해 생활하게 된다. 그럴 때 상대가 어떤 품성과 인성을 가지고 있느냐에 따라 친밀도가 달라질 것이며 덕목의 가치판단이 결정될 수 있다. 타인을 배려하고 친절과 관용으로써 호의를 베풀 때 '관계적 감정relational feelings'을 지닌 인간으로서 존립한다. 무엇보다 그 중심축을 지탱하려면 따뜻한 '인간애人間愛'가 절실하다.

인간애의 가장 중요한 기준은 사람에 대한 사랑이다. 타인을 이해하며 친밀한 관계를 형성하는 것에 가치를 두는 것이다. 인간애를 가진 자라면 보다 긍정적인 감정으로 다른 사람을 돕고자 하는 이타적 행동을 스스로 이끌어낸다. 만일 정의를 외면하거나 육체적인 안일을 위하여 양심을 저버리고, 닥쳐올 해가 두려워 실행하지 못한다면 사회의 방관자나 구경꾼으로 전락하고 말 것이다. 이에 이향영은 누구보다도 상대의 행동과 감정을 존중하며 자신과 타인의 삶을 긍정적으로 수용한다. 그 예를 가평의 '뉴스타트 교육원'에서 적극 펼쳐 낼 수 있는 까닭은 "미국에 노먼 커즌스가 있다면 한국에 박학근 원장"이 있기에 가능하다.

> 노먼 커즌스가 웃음으로
> 자기 병을 돌보았고
> 박학근 원장은 웃음으로
> 환우들의 병을 돌보고
> 사회와 국가에 웃음을 전염시키고
>
> — 「박학근 웃음나무」 일부

이향영은 박학근 원장을 깊이 존중하고 정서적으로 지지하며 적극적으로 신뢰한다. 이미 '서문'에서도 밝혔듯이 "의사와 가족들의 집요한 권유를 거절하고 수술과 항암약도 거부"한 채 "박학근 리더의 뉴스타트"를 만나서 건강이 회복되고 자유와 행복을 찾았다고 실토하였다. 긍정적인 자아개념을 가진 사람은 적극적인 인생관을 갖게 된다. 예기치 못한 한계상황이나 역경에서도 인내하며 또 다른 기회로 반전시켜 더 나은 결과를 만들어낼 수도 있다. 그러니 작가가 "웃음나무"로 명명한 「특별한 리더」이며 「어느 센터장」인 그가 있음으로

써 "가가대소 박장대소 파안대소"할 수 있고 "병이 치유되어 승리의 행복"을 누리게 되는 것이다.

　아울러 행복은 자신의 마음에서 만들어지기 때문에 긍정정서로 경험을 구성하는 사람은 타인에 대한 흠을 보기보다는 상대의 장점을 먼저 발견한다. 이향영은 교육원에서 만나는 사람들에게 기쁨, 행복, 사랑, 감사, 만족, 자부심 등을 느끼며 삶의 모멘텀Momentum을 형성하게 된다. 그러므로 그녀가 지금 여기, 오늘 이 순간이 "내 생애 최고"임을 인식하게 되는 것도 같은 이치이다.

　　　어두운 숲속 마을에
　　　빛의 등불 켜는

　　　그대는 숲속의 빛
　　　그대는 숲속의 소금

　　　산속에 핀 한 송이
　　　생명의 꽃

　　　　　　　　　-「그대는 해바라기」 일부

　'뉴스타트 교육원'에서는 사람이 "빛의 등불"이다. 낙관적 신념과 인정人情으로써 상호 연대감을 가지면

서로가 조화로운 "생명의 꽃"으로 복원된다. 이향영은 삶이 절망적일 때도 문학을 통하여 체험을 재현하고 감각을 소생시킨다. 그녀가 인간에 대한 애정과 삶을 사랑하는 마음이 없다면 결코 휴머니즘을 바탕으로 문학적 담론을 던지지 못할 것이다. 그 결과 플라워 디자이너이자 디퓨저 아로마 디자이너로 불리는 「그대는 희수 제니」, 환우들의 「영혼의 수프」를 만들어주는 「그대는 셰프 마가렛」과 「꼬집이 셰프」, 「웃음보따리 김실장과 마르첼리노」, 「빛의 손 HJK 교수」 등이 "이웃의 긍정이"가 되고 '의미 있는 타인'으로 존재하는 이곳이 치유의 장소가 될 수 있다.


### 다시 길을 떠나며


인간은 누구나 공간 속에서 살며 장소를 추억한다. 그러나 수많은 공간이 모두 장소에 대한 애착으로 이어지지는 않는다. 그것은 경험과 시간을 요구하며 개인의 감정을 필요로 한다. 이향영 시인이 힐링여행을 경험한 가평의 '뉴스타트 교육원'과 제주, 속초, 강릉, 양양, 춘천 등은 『암이 준 하늘선물』을 통해 친밀한 장소애로서의 역할을 수행하였다.

자신의 몸과 정신을 위로해야 하는 상황에 놓인 작가

가 오히려 자기 치유를 넘어 '타자의 치유'가 수행되길 기대하며 환우들을 위해 헌정 시집을 엮었다. 이향영의 시에서 가장 특징적인 것은 화자의 정서가 매우 긍정적이라는 점이다. 시적 상황이 아무리 절망적이거나 암울하더라도 "상처, 고통, 어두움, 괴로움, 불안, 절망, 허무" 같은 부정적 단어는 지양하고, "이해, 사랑, 웃음, 행복, 기쁨, 희망, 기대, 설렘" 등의 시어로 치환된다. 이것은 '시가 무엇을 할 수 있는가?'라는 질문의 답이 되기도 하면서, 문학을 통해 상처와 고통의 치유 가능성을 확인하게 해주었다.

자기 치유와 그 극복 가능성을 보여준 이향영의 '행위하는 삶'은 앞으로도 멈추지 않을 것이다. 그녀에게는 '나는 여행하였다.'라는 과거형이 아닌, 오직 '나는 여행한다.'라는 현재성만 있을 뿐이다. 그러므로 다시 길을 떠나며 이향영의 여행은 계속 이어질 전망이다.(*)

곰곰가족문고
**암이 준 하늘선물**

**초판 1쇄 발행** 2022년 9월 25일

**지은이** 이향영-Lisa Lee    **펴낸이** 임현경
**책임편집** 홍민석    **편집디자인** 김선민

**펴낸곳** 곰곰나루
**출판등록** 제2019-000052호 (2019년 9월 24일)
**주소** 서울특별시 양천구 목동서로 221 굿모닝탑 201동 605호 (목동)
**전화** 02-2649-0609
**팩스** 02-798-1131
**전자우편** merdian6304@naver.com

ISBN 979-11-92621-01-2 (03810)

**책값 12,000원**